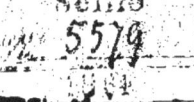

1864

RIME ET RAISON

OU

PROVERBES, APOPHTHEGMES, ÉPIGRAMMES ET MORALITÉS PROVERBIALES

CHOISIS ET MIS EN VERS

PAR

ÉTIENNE CATALAN

PARIS

LIBRAIRIE INTERNATIONALE

13, RUE DE GRAMMONT, 13

RIME ET RAISON

Ye

17297

OUVRAGES DU MÊME AUTEUR

Librairie DOUNIOL, rue de Tournon, 29

MANUEL DES HONNÊTES GENS, philosophie pratique de Montaigne (2e édition). 1 volume in-18. Prix. . . . . 3 fr.

MIROIR DES SAGES ET DES FOUS, avec une préface de Louis Ulbach. 1 volume in-18. Prix. 3 fr.

Librairie J. TARDIEU, rue de Tournon, 13

FABLES ET FABLIAUX (3e édition). 1 volume in-18. Prix. . . . . 3 fr.

Paris. — J. CLAYE, imprimeur, rue Saint-Benoît, 7.

1864

RIME ET RAISON

OU

PROVERBES, APOPHTHEGMES, ÉPIGRAMMES
ET MORALITÉS PROVERBIALES

CHOISIS ET MIS EN VERS

PAR

ÉTIENNE CATALAN

PARIS

LIBRAIRIE INTERNATIONALE
13 RUE DE GRAMMONT 13

1864

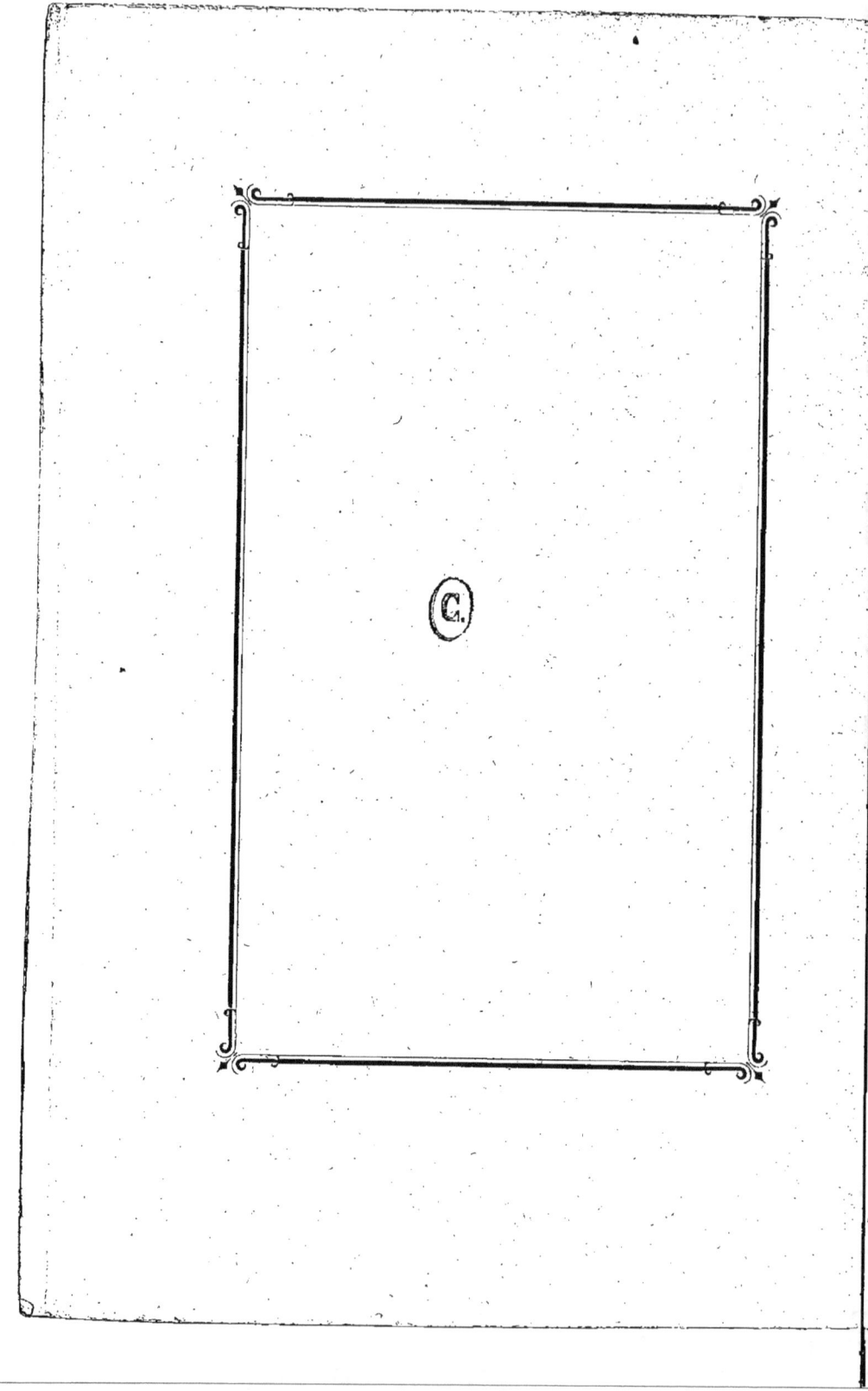

RIME ET RAISON

— I —

O vous, Princes du feuilleton,
Vous, chez qui la verve procède
Du bon goût & de la raison,
Vous, nos maîtres, pourquoi votre docte leçon
Nous charme-t-elle, alors qu'elle nous vient en aide?
C'est qu'en vos nobles cœurs, ainsi qu'en un blason,
Est gravé ce verset, qui pour nous intercède :
      « La critique est un remède,
      Et la satire un poison ! »

— 2 —

Douze cents millions, voilà ce que la terre
Contient aujourd'hui d'habitants,
Bizarre pêle-mêle, étrange fourmilière
Où s'agitent dans tous les sens
De grands & de petits enfants :
Que si quelqu'un pensoit y découvrir un homme,
J'irois le dire à Rome !

— 3 —

Ne nous emportons point, frères, contre les hommes,
En les voyant haineux, ingrats, hautains, jaloux ;
Tels ils furent jadis, tels aujourd'hui nous sommes,
Et tels seront encor bien d'autres après nous.
Les hommes de vertu, les hommes de droiture
Sont des exceptions faciles à compter :
Naître tous vicieux, c'est là notre nature ;
Nous vouloir autrement seroit se mécompter,
Et ne faire, hélas ! qu'un beau rêve !
Mais s'en plaindre est d'un fou, qui ne peut supporter
Ou que la pierre tombe, ou que le feu s'élève !

— 4 —

Blâmer & censurer toute chose à la ronde ,
Comme on voit que le fait maint sot réformateur,
    C'est vouloir refaire le monde
      Après le Créateur.

— 5 —

Vouloir que les enfants montrent de la raison ,
C'est demander (est-il chose moins raisonnable?)
    Que Dieu, changeant l'ordre admirable
    Qu'il assigne à chaque saison,
Nous octroie, au printemps, le fruit & le bouton.

— 6 —

    On a beau dire le contraire,
    Moi, je soutiens que notre terre
    Est un lieu de rare équité ;
    Voici la preuve que j'en donne :
    L'homme, dans la prospérité,
Méconnoît tout le monde, &, dans l'adversité,
    Il n'est plus connu de personne.

– 7 –

Si l'on te dit qu'une montagne.
A passé de France en Espagne,
Crois-le, ne le crois pas : ton fait sera le mien.
Mais, que si l'on te dit qu'un homme,
Fût-il de Pékin ou de Rome,
A pu changer de caractère, eh bien,
Que mon avis, alors, soit le tien : n'en crois rien.

– 8 –

Avez-vous vu cet homme au doucereux visage,
Vrai suppôt de Satan, qui, de l'enfer venu, [sage,
Soupirant comme un saint, & prêchant comme un
Dresse en tous lieux ses lacs de franc patte-pelu?
Sauf à m'en défier, j'aime ce personnage,
Dont le maintien & le langage
Me rappellent ce mot si juste & si connu :
« L'hypocrisie est un hommage
Que rend le vice à la vertu. »

— 9 —

L'homme veut dominer, & cette passion,
   Des plus saintes vertus l'incite
   A se faire un masque hypocrite :
La bienfaisance même, en mainte occasion,
N'est qu'un désir caché de domination.

— 10 —

   Obéir à l'impulsion
   De toute folle passion,
C'est, de nos propres mains, nous creuser un
   Souvent, hélas ! du vice au crime, [abîme :
   La distance est l'occasion.

— 11 —

   Hélas ! de méchants que nous sommes,
En vieillissant, parfois, pires nous devenons,
Mais, ainsi que les vins, l'âge traite les hommes,
   Et jamais il n'aigrit les bons.

— 12 —

Guerre au méchant, guerre sans fin !
A chair de loup, dent de mâtin.

— 13 —

« Tout le monde le dit » est le mot dont s'appuie
    Le méchant qui nous calomnie.
Ainsi, fourbe éhonté, dans le premier moment,
Lui seul, il en impose à tous effrontément ;
Puis, la malignité d'emboucher la trompette,
Et le faux s'accrédite ; &, quand il le répète,
L'infâme, c'est, alors, non plus lui seulement,
Mais « tout le monde, » hélas ! « qui le dit, » & qui
                                    [ment !

— 14 —

Tout le monde, en parlant d'un fat, dit « c'est un fat, »
Et nul ne le lui dit, cependant, à lui-même.
        — Eh bien, quel mal, au résultat ?
    Demandez-vous... — Un mal extrême :
    Le fat meurt fat, sans s'être corrigé,
        Et personne ne s'est vengé.

— 15 —

A l'horloge de la vie
Tient un fatal balancier,
Au double tranchant d'acier,
Dont la marche répartie
En un va-vient éternel,
Réglant les destins du monde ;
Pour marquer chaque seconde,
Frappe, hélas ! un coup mortel !

— 16 —

Tandis qu'aujourd'hui nous donnons
Des regrets à notre jeunesse,
Pauvres mortels, nous oublions
Que, bientôt, va sonner l'heure de la vieillesse,
Et que, vieux, nous regretterons
L'âge viril que nous tenons,
Sans l'estimer assez.... O la plaisante espèce,
Que, vous & moi, nous tous, mes amis, nous faisons !

— 17 —

Les enfants & les fous, dansant de compagnie,
Pensent que vingt francs & vingt ans
Doivent durer toute la vie :
C'est que, par un effet des mille événements
Du drame humain, où tout se lie,
Les enfants sont des fous, & les fous des enfants.

— 18 —

Sages & fous, la rêverie
Règle de notre esprit presque tous les ébats :
Rêver tout haut, rêver tout bas,
Voilà l'unique point qui nous différencie :
Le sage, se plaisant à compter ses faux pas,
Rit en secret de sa folie ;
Quant à cacher la sienne, hélas,
Le fou ne le peut pas.

— 19 —

Nous espérons de vieillir.
Et nous craignons la vieillesse ;
Autrement (est-ce sagesse ?)
Vivre fait notre désir,
Mais vivre, & ne point mourir.

— 20 —

Plus aisément qu'on n'entre en la vie, on en sort ;
Elle n'a qu'une porte, & mille en a la mort.

— 21 —

Jamais sage ne fut assez à bout de peine,
Pour qu'avec le repos il se prît à compter :
La vie est une lice, où, tant qu'on a d'haleine,
Plus on est près du but, moins on doit s'arrêter.

— 22 —

Vivre comme il faut mourir
Et mourir comme il faut vivre,
C'est le chemin que doit suivre
Quiconque aspire aux cieux, & les veut conquérir ;
Nous le connoissons tous, mais qui sait le tenir ?

— 23 —

Chrétiens, le souvenir le plus digne d'envie
C'est d'avoir toujours fait tout le bien qu'on a pu :
Quiconque a su remplir si dignement sa vie,
N'importe en quel instant elle lui soit ravie,
N'a point à regretter d'avoir trop peu vécu.

— 24 —

A ta naissance, on étoit en liesse,
Et toi, pauvre enfant, tu pleurois,
Fais en sorte, par ta sagesse,
Que ton trépas te soit un sujet d'allégresse,
En t'apportant d'autrui les pleurs & les regrets.

— 25 —

Jeune homme, chapeau bas ! honneur à la vieillesse !
C'est une sainte royauté ;
Respecte-la dans ta jeunesse,
Vieillard tu seras respecté.

— 26 —

Vieillard, je vois là-bas, venant à tire d'aile,
Un des légers oiseaux, précurseurs du beau temps.—
Eh bien, prends ton manteau, jeune homme : une
[hirondelle
Ne fait pas seule le printemps.

— 27 —

Les débauches de la jeunesse
Sont autant de complots faits contre la vieillesse :
Imprudents, qui troublez ainsi votre destin, -
Vous paîrez cher le soir vos erreurs du matin !

— 28 —

Chagrin du soir parfois suit erreur du matin :
En toute chose il faut considérer la fin.

— 29 —

Ami, sois vieux en ta jeunesse,
Tu seras jeune en ta vieillesse.

— 30 —

Ah ! le bon temps pour songer à l'hymen,
Lorsque la mort nous peut arrêter en chemin !
Bonjour lunettes,
Adieu fillettes !

— 31 —

Aimer avec délicatesse,
Afin d'être aimé sans foiblesse ;
Bref, devenir époux sans crime & sans regret,
D'un hyménée heureux, voilà tout le secret.

— 32 —

Il n'est, en fait d'hymen, vétilleur ni vétille
Qui ne mènent à panse d'a :,
On sait que la plus belle fille
Ne peut donner que ce qu'elle a.

— 33 —

Mariez votre fille, il vous viendra des gendres :
On diroit le phénix qui renaît de ses cendres.

— 34 —

Neuf fois sur dix, neuf fois & plus peut-être,
Celui qui prend femme prend maître.

— 35 —

Femme à qui chet mauvais mari
Aura souvent, hélas ! œil morne & cœur marri.

— 36 —

Certain sage, autrefois, l'a dit avec raison :
« C'est la femme qui fait ou défait la maison. »

— 37 —

Il faut, qui veut juger au vrai de toute chose,
Être d'un sens que rien ne sauroit émouvoir :
Arbitre dangereux en tout état de cause,
La passion, toujours prête à nous décevoir,
Fait sentir, mais ne fait pas voir.

— 38 —

Nul ne sauroit avoir plus de sens & d'esprit
Que tout le monde ; & s'il vous dit
Que, fussiez-vous tenté de croire le contraire,
Vous n'êtes qu'un âne : il faut braire.

— 39 —

Quand on quitte le monde, on peut, avec raison,
 Dire qu'on quitte une maison
 Qui brûle, croule, &, triste gîte,
De ses débris fumants accable qui l'habite.

— 40 —

Quand nous avons pris soin de nous étudier,
Nous pouvons inférer de cela que nous sommes,
Que, si nous faisons bien de nous fier aux hommes,
Nous faisons mieux encor de nous en défier.

— 41 —

Défiez-vous d'un homme au flegmatique abord :
 Il n'est pire eau que l'eau qui dort.

— 42 —

Défiez-vous d'une femme distraite,
 Car c'est un lynx qui dans l'ombre vous guette !

— 43 —

La noble espèce que la nôtre !
De son aménité quel garant plus certain ?
Chaque moitié du genre humain
Passe son temps à se moquer de l'autre.

— 44 —

O mes amis, vous plaît-il de savoir
Ce que de vous on dit en votre absence ?
Écoutez bien cela que, du matin au soir,
De tout absent chacun dit en votre présence.

— 45 —

« C'est un original, » dit-on, & tout le monde
Tourne aussitôt le dos à ce pauvre d'esprit...
« De plus, un vicieux, » & chacun, à la ronde,
S'en rapproche, se tait, &, pourtant, lui sourit.

— 46 —

Quel être est plus méchant que l'animal qu'on nomme
L'homme ? —
C'est, si bien je l'entend,
Satan. —
Mais, que Satan ? —
Ma foi, c'est l'animal qu'on nomme
L'homme !...

— 47 —

Quelle chose est plus légère
Qu'une plume ? —
La poussière. —
Que la poussière ? —
Le vent. —
Et que le vent ? —
Une femme. —
Combien vous êtes savant !
Mais, cette fois, sur mon âme,
Grand OEdipe, je vous tien ;
Suivons : Qu'une femme ? —
Rien !...

— 48 —

Travaillons, travaillons , c'est notre lot sur terre :
Pour traverser les flots, pour braver les saisons,
Dieu ne nous a donné d'esquifs ni de maisons,
Mais, il nous a donné bras & mains pour les faire.

— 49 —

Qui travaille fait preuve en cela de raison :
A force de forger, on devient forgeron.

— 50 —

Chacun a beau se croire habile en son métier :
A l'œuvre on connoît l'ouvrier.

— 51 —

L'opulence, parfois, conduit à la misère :
Tant vaut l'homme, tant vaut la terre.

— 52 —

Pour mener tout à souhait,
Il faut faire ce qu'on fait.

— 53 —

Soit que le monde en pense ou le mieux ou le pire,
Il faut bien faire & laisser dire.

— 54 —

Mes dires sont-ils bons, & mes faits peu parfaits?
Faites ce que je dis, & non ce que je fais.

— 55 —

Nature
Passe nourriture.

— 56 —

Il n'est jour de labeur, il n'est jour de repos,
Qui, pour le paresseux, ne soit jour de campos,
Il tient qu'un long dormir est besogne parfaite;
Quand il en sort, « Voilà, dit-il, ma tâche faite! »

— 57 —

Par ses exemples déplorables,
Le mal a des effets parfois irréparables ;
Aussi, menace-t-il ? mieux vaut le prévenir,
Que de se voir, un jour, réduit à le punir.

— 58 —

Déposons de bonne heure en nous
Le divin germe des sciences ;
Elles ont d'amères semences,
Mais donnent les fruits les plus doux.

— 59 —

La nature qu'on voit incessamment se prendre
A tout équilibrer,
Donna, pour contre-poids à la peine d'apprendre,
La honte d'ignorer.

— 60 —

Zénon dit vrai : « Le plus sage n'est guères
Sage en tout ; & le plus savant
Ignore, hélas ! bien souvent,
Les choses les plus vulgaires. »

— 61 —

Savoir est acquêt de néant,
Si l'on ne sait être savant.

— 62 —

Ne pas savoir où mal savoir,
Somme-toute : néant au doit comme à l'avoir.

— 63 —

Qui sait qu'il ne sait pas, sait déjà qu'il ignore ;
Qui sait qu'il ne sait rien, en sait bien plus encore.

— 64 —

Toujours un sot est vain, malheur à qui l'écoute :
Qui rien ne sait, de rien ne doute.

— 65 —

O des pauvres humains étonnante folie !
Il n'est rien, ici-bas, à les bien observer,
      Qu'ils aiment plus à conserver
      Et ménagent moins que leur vie.

— 66 —

Soit le vrai, soit le faux, soit l'honnête ou l'infâme,
      Soit l'honorable ou l'odieux,
Enfin, tout fait, soit digne ou d'éloge ou de blâme,
Qui se produit en nous, se reflète en nos yeux :
      Les yeux sont le miroir de l'âme.

— 67 —

O penchant ridicule, ô travers déplorable !
Tel sait peu, qui, souvent, croit si bien tout savoir,
Que, sans songer combien il se rend détestable,
De tout il parleroit du matin jusqu'au soir :
      Demi-savant, causeur impitoyable !

— 68 —

Autant les hommes de science
Craignent d'humilier la timide ignorance,
Autant ceux-là qui n'ont qu'un futile savoir,
En conçoivent de suffisance,
Et cherchent à s'en prévaloir.

— 69 —

Quand on excelle dans son art,
On prend dès lors un rang à part,
Et ce rang est le rang suprême,
Où, n'étant plus l'artiste, où, devenu soi-même,
On est ou Raphaël, ou Racine, ou Mozart.

— 70 —

Sobre en tous ses propos, quel qu'en soit le sujet,
Ennemi des discours où l'esprit s'évapore,
Le sage parle peu des choses qu'il connoît,
Et jamais ne dit mot de celles qu'il ignore.

— 71 —

Montrons-nous modérés en tous nos entretiens :
Le monde aux grands parleurs fit de tout temps la
[guerre :
Et pourquoi ? c'est qu'il tient, à ne s'y tromper guère,
Messieurs les grands parleurs de grands diseurs de
[riens.

— 72 —

Entre tous les défauts, si nombreux à compter,
Que le monde poli redoute,
Celui-là qu'il se prend le plus à détester,
C'est un babil que rien ne sauroit arrêter :
Qui ne sait pas se faire une loi d'écouter,
Ne mérite point qu'on l'écoute.

— 73 —

S'il existe un mal incurable,
C'est bien assurément l'ennui ;
Mais, on en sait un autre aussi peu guérissable,
Et c'est le don fatal, & parfois inouï,
Que celui qui s'ennuie a d'ennuyer autrui.

— 74 —

Il se faut conformer, sans s'y faire semondre,
Aux égards qu'ici-bas l'un à l'autre on se doit :
Nul de tout dire à tous ne peut prendre le droit,
S'il ne donne à chacun loi de tout lui répondre.

— 75 —

Avec les gens qui, par finesse,
Écoutent tout, & parlent peu,
Il faut, qui veut user d'adresse,
Afin de les battre à ce jeu,
Il faut plus qu'eux encor demeurer bouche close,
Sinon, parler beaucoup, mais dire peu de chose.

— 76 —

Ami, jamais ne reprends
Ce que point tu ne comprends.

— 77 —

O lâche abus de l'art de feindre !
Manége ridicule autant qu'il est honteux :
Nous querellons les malheureux,
Pour nous dispenser de les plaindre.

— 78 —

Il est des gens dont il faut se défendre,
Si l'on ne veut les détester,
Qui, malhabiles à comprendre,
Passent leur vie à tout entendre,
A tout redire, à tout gâter.

— 79 —

Mon secret, tant qu'il reste en moi,
Est un esclave sous ma loi ;
Mais, dès qu'il m'échappe, le traître
Devient tout aussitôt mon maître.

— 80 —

Secret ou dépôt confié,
En l'honneur du devoir autel édifié.

— 81 —

Dans ce monde, combien de gens
Qui, du vieux Trivelin se montrant les émules,
Et, par leurs sots lazzis, faisant honte au bon sens,
Pensent qu'on les trouve plaisants,
Lorsqu'ils ne sont que ridicules!

— 82 —

Fi des rhéteurs & du crédit
Où, dans plus d'une école, on tient leur marchandise!
Qui veut courir après l'esprit,
Risque de n'attraper, hélas! que la sottise!

— 83 —

Fi de ces beaux jaseurs, qui, prenant le galop
Sur tout sujet, qu'il soit sérieux ou vulgaire,
Deviennent déplaisants par vouloir toujours plaire :
    L'homme d'esprit qui parle trop,
    Vaut moins qu'un sot qui sait se taire.

— 84 —

Ce qu'on blâme en un sot, lui, toujours, il le prise,
    Piquez-le sur quelque défaut,
L'aveugle soutiendra que c'est par là qu'il vaut,
Et son moindre défaut, souvent, c'est la sottise.

— 85 —

    D'oisons il ne se voit plus guères,
Depuis que, se faisant oisonniers, les oisons,
Le bec au vent, ceux-ci par vaux, ceux-là par monts,
Se sont pris à vouloir mener paître leurs mères.

— 86 —

La richesse est communément,
Un passe-port pour la sottise :
La sottise paye, & nul ne s'avise
De lui demander son signalement.

— 87 —

D'avoir manqué de jugement,
Tel s'accuse,
Qui s'excuse ;
Tel persiste en son sentiment,
Et s'excuse,
Qui s'accuse.

— 88 —

La clef d'or, nous dis-tu, force toutes les portes ;
Fier Satan, je le crois, puisque tu nous le dis ;
J'en sais une, pourtant, forte entre les plus fortes,
Et que n'ouvriroient pas tous tes efforts maudits :
C'est la porte du paradis.

— 89 —

Las ! je suis le disciple, & tel autre est l'apôtre !—
Eh ! qu'importe ? c'est moi, Jésus, qui vous le dis :
          « Même foi, même paradis,
Où vous irez, un jour, l'un aussi bien que l'autre. »

— 90 —

O l'heureux don qu'un certain fonds d'adresse,
Lorsqu'on y joint un grand fonds de bonté !
Qui tient ces deux points-là, tient, tout vu, tout
                              [compté,
La plus utile part de l'humaine sagesse.

— 91 —

      « Il est si bon, qu'il en est bête, »
    Est un vieux mot, triste conquête,
    Qui nous vient d'où ?... je ne le sais ;
    Mais, j'aime mieux, sans plus d'enquête,
    Cet autre mot des plus sensés :
« L'homme trop bon l'est tout au plus assez. »

— 92 —

Mal d'autrui, dit-on, n'est que songe;
Mais, pour tout cœur bien né, ce songe est un
[mensonge.

— 93 —

Veux-tu de la sagesse acquérir la science,
　　L'aveugle te l'enseignera;
　　Si tu manques de prévoyance,
　　Son exemple t'en donnera :
Jamais à faire un pas il ne se détermine,
Disciple circonspect de la nécessité,
Sans avoir du terrain sur lequel il chemine
　　Reconnu la solidité.

— 94 —

Le vrai sage reçoit les avis qu'on lui donne;
L'insensé s'en offense, & n'écoute personne.

— 95 —

Avec qui n'est jamais ni dedans, ni dehors,
N'attendez bons avis, n'espérez bons rapports.

— 96 —

L'homme sage est celui qui, s'honorant de l'être,
N'affecte point de le paroître.

— 97 —

Tout salutaire avis, n'importe qui le donne,
Est une belle & sainte aumône.

— 98 —

Le monde est plein de gens dont la judiciaire
S'en vient offrir, sur toute affaire,
A chacun des avis,
Gratis,
Gens qu'on voudroit, bien au contraire,
Tant on attache à leurs devis
De prix,
Payer au poids de l'or, si l'or pouvoit les faire
Taire !

— 99 —

Jamais désir vengeur ne vint troubler la vie
     D'aucun homme de sens :
   Nos ennemis sont-ils puissants,
     C'est imprudence & folie ;
     Sont-ils dans l'adversité,
     C'est bassesse & cruauté.

— 100 —

Ah ! quel heureux moyen de venger une offense,
Quand on est devenu maître de sa vengeance,
Que de dire : « Celui qui m'avoit outragé,
Je pourrois le punir, il est en ma puissance ;
     Mais, qui pardonne est mieux vengé ! »

— 101 —

   Si des plaisirs le plus charmant
Est de se trouver seul avec l'objet qu'on aime,
   Pourquoi peut-on si rarement
Désirer d'être seul vis-à-vis de soi-même ?

— 102 —

O voyez la bizarrerie !
S'aimant presque toujours sans pouvoir s'estimer,
L'homme n'a qu'un désir, durant toute sa vie,
C'est qu'on l'estime, afin qu'on se prenne à l'aimer.

— 103 —

Posséder ce que nous aimons,
Aimer ce que nous possédons,
Du bonheur, tel qu'on peut l'espérer sur la terre,
En deux points comme en cent, voilà tout le mystère.

— 104 —

Connoissez-vous quelqu'un dont vous soyez content,
Et ce quelqu'un de vous l'est-il également?
Eh bien, donnez-vous donc l'un & l'autre en
[spectacle,
Car, pour vous deux le ciel a fait un grand miracle!

— 105 —

Choisir des ministres capables ;
Maintenir les devoirs., & protéger-les droits ;
Bref, pour leur épargner la vindicte des lois,
Prévenir des méchants les manœuvres coupables :
Tels sont, en abrégé, les points les plus notables
De la science des grands rois.

— 106 —

Triste, abattu, pliant sous les devoirs du trône,
Oh ! Séleucus avoit raison,
Et son mot, de nos jours, est encor de saison :
« Qui sauroit, disoit-il, le poids d'une couronne,
Bien que, pour s'en saisir, il n'eût qu'à se baisser,
Ne daigneroit la ramasser. »

— 107 —

La raison, qu'un Dieu tutélaire
Nous donna pour servir de fanal à nos pas,
Est un feu qui nous éclaire,
Mais qui ne nous conduit pas.

— 108 —

L'imagination, mère des noirs fantômes,
Peut, variant l'effet de ses prismes divers,
Et, changeant à nos yeux l'aspect de l'univers,
Transformer tour à tour les déserts en royaumes,
Et les royaumes en déserts.

— 109 —

O que les médecins nous viendroient mieux en aide,
Si leur charte, parfois, en forme d'intermède,
Du rire leur faisoit une obligation !
Pour les maux que produit l'imagination,
Le rire est un si bon remède !

— 110 —

Sans crainte que personne ici ne me dédie,
Je le dis, & tenez que c'est à bon dessein :
Mieux vaut tenter de vivre avec sa maladie,
Que risquer de mourir avec son médecin.

— 111 —

La sainte charité, pour qui sait bien l'entendre,
Consiste à secourir chacun selon ses maux;
Honneur soit à celui qui prend soin de l'épandre
Moins par trop largement que le plus à propos !

— 112 —

Veux-tu, sans rien risquer, t'enrichir promptement,
Consacre chaque jour par quelque sainte aumône;
C'est un commerce sûr à la fois & charmant,
Où l'on reçoit toujours beaucoup plus qu'on ne
[donne.

— 113 —

Hommes d'orgie & d'anathème,
Vous qui, pour toute charité,
Aux pauvres jetez le blasphème,
Sachez qu'un jour d'aumône, avec le saint baptême,
Pèsera dans l'éternité,
Plus qu'un siècle d'iniquité.

— 114 —

O contradiction bizarre !
Quand nous sommes touchés de toute chose rare,
Pourquoi suis-je, & pourquoi, toi-même, sembles-tu
Si peu touché de la vertu ?

— 115 —

Fille du sentiment & de la conscience,
Habile par le cœur plus que par la science,
La vertu, si douce à nommer,
Est l'instinct & le choix de ce qu'il faut aimer.

— 116 —

C'est ne savoir être ni bon, ni sage,
Que de l'être trop ou trop peu,
Et jamais la vertu, ce bel ange de Dieu,
Des régions du bien, son divin apanage,
Ne quitte le juste milieu.

— 117 —

L'homme vraiment vertueux est celui
Qui, dans son Dieu mettant son plus solide appui,
Exempt de tout orgueil comme de toute envie
Estime la vertu plus qu'il ne fait sa vie.

— 118 —

O n'admirez-vous point le calme heureux du sage,
Qui, ne changeant non plus d'âme que de visage,
Par nul arrêt du sort jamais n'est abattu?
  La patience est le courage
    De la vertu.

— 119 —

Jamais en rien, d'abord, nul de nous n'est habile,
Et tout est difficile avant d'être facile.

— 120 —

Parfois, devoir léger, mais assidu, nous lèse :
  Au long aller petit faix pèse.

— 121 —

Pour qui veut avec énergie,
Et poursuit ardemment l'objet de son envie,
Pour celui-là, tenez à certes que, vouloir,
C'est pouvoir.

— 122 —

L'occasion fait tout : qui ne veut ce qu'il peut,
Risque de ne pouvoir cela même qu'il veut.

— 123 —

Tel peut qui ne veut,
Tel veut qui ne peut.

— 124 —

Celui qui fait ce qu'il veut
Fait plus que celui qui peut.

— 125 —

Point de revers, point de douleur,
Qui trouve en défaut un grand cœur :
Au moindre choc qui vient éprouver sa constance,
Il s'affermit, il met en Dieu sa confiance,
Et se dit que, pour l'homme, il n'est de vrai malheur
Qu'une mauvaise conscience.

— 126 —

Le but d'un cœur d'élite, en ses nobles travaux,
N'est pas le vain éclat qui fait qu'on le renomme :
Aimer la gloire est d'un héros,
La mépriser est d'un grand homme.

— 127 —

A la gloire veux-tu sûrement parvenir ?
Ami, le seul chemin que tu doives tenir,
C'est de ne jamais cesser d'être
Ce que tu cherches à paroître.

— 128 —

Enrégimentez-moi comme simple soldat,
Sans doute, au premier choc, vais-je prendre la fuite:
            Je suis Thersite.
Mais, que de tout un camp je réponde à l'État,
Me voilà devenu brave autant que dix mille :
            Je suis Achille.

— 129 —

        D'acquérir l'estime d'autrui,
Tu voudrois bien avoir, nous dis-tu, la science:
Va, tu la peux trouver en toi, dès aujourd'hui,
        Si tu possèdes, mon ami,
        L'estime de ta conscience.

— 130 —

        Privilége des âmes fortes,
Souvent la patience enfanta des héros :
        C'est la clef de toutes les portes,
        Et le remède à tous les maux.

— 131 —

S'il est vrai qu'en ce monde, il est bon que l'on
[traite
Toute chose selon sa valeur & son rang,
Plaise à Dieu que chacun, autant que moi, souhaite
Honneur à la vertu muette,
Et mépris au vice éloquent!

— 132 —

Enfants, il fait bon voir que, parfois, à votre âge,
Il fait bon voir que le visage
Se montre tout à coup de pourpre revêtu :
C'est la couleur de la vertu!

— 133 —

Un riche habit, un brillant équipage,
Peut éblouir nos yeux quelques instants ;
Mais, l'empire des cœurs est surtout l'apanage
Et des vertus & des talents.

— 134 —

Vous auriez beau prêcher l'aumône à l'avarice ;
Car, s'il est un sens, pour ce vice,
Au doux mot de compassion,
C'est de tendre la main en toute occasion :
Entasser est sa jouissance,
Et demander sa bienfaisance.

— 135 —

Implanté sur son or, à lui-même inutile,
Pour lui, pour tous, l'avare est un arbre stérile.

— 136 —

De vos honneurs, de vos richesses,
De tous ces biens payés au prix de vos bassesses,
Le nombre est merveilleux, incalculable ; mais,
Celui de vos remords ne le lui cède guère ;
Il semble vous crier qu'un tel faste est misère :
Biens mal acquis ne profitent jamais !

— 137 —

Les orgueilleux sont gens faciles à duper ;
Tel les flatte, qui peut aisément les tromper.

— 138 —

Toi, de qui l'opulence élève, à si grands frais,
Haut, bien haut ta maison, sais-tu ce que tu fais ?
Vois au ciel ce nuage ; il recèle la foudre !
La foudre, pour le chaume, a des accents muets ;
Mais, elle brille, éclate, & c'est pour mettre en
[poudre

L'orgueil & ses palais !

— 139 —

Pour maîtrés clercs qu'en tout point vous soyez,
Dans vos moindres projets pesez bien toute chose,
Et dites-vous, en tout état de cause :
« Souvent bons nageurs sont noyés ! »

— 140 —

Voici, qui le voudra savoir par le menu,
Où, d'un procès, parfois, peut mener l'entreprise :
Elle met le perdant tout nu,
Et ne laisse au gagnant, hélas ! que sa chemise :
Beaux plaideurs, comparez le profit à la mise !

— 141 —

Tel soupçon, dites-vous, plane aujourd'hui sur moi.
Puis, vous m'en demandez le comment ? le pourquoi ?
Allons, homme obligeant, trêve à vos subterfuges !
Il vaut mieux m'accuser, s'il en est à propos :
L'accusation a des juges ;
Le soupçon n'a que des échos.

— 142 —

O quel mal affreux que l'envie !
Il ronge et dévore la vie :
Jaloux de tous les biens qui ne sont pas à lui,
L'envieux s'amaigrit de l'embonpoint d'autrui.

— 143 —

Il ne faut pas un grand courage
Pour supporter l'injure, & pour braver l'outrage ;
Tant plus nous vieillissons, tant plus nous arri-
[vons
A voir que ce n'est rien, & que nous en vivons.

— 144 —

Dans le doute éternel où le sort nous enchaîne,
Et fait à chaque jour prendre un aspect nouveau,
Nul d'entre nous jamais ne peut dire : « Fontaine,
Je ne boirai pas de ton eau. »

— 145 —

Interroger demain est faire enquête vaine :
A chaque jour suffit sa peine.

— 146 —

Ah ! combien d'actions, & des plus en crédit,
Par l'état que le monde en fait, ou qu'il en fit,
Se réduiroient pour nous à peu de chose,
S'il nous étoit donné d'en connoître la cause !

— 147 —

Moulin de ci, moulin de là,
Si l'un ne moud, l'autre moudra.

— 148 —

En quelque rang qu'on naisse, & quels que soient
[les lieux
Qu'on habite, il n'est rien qui fasse :
Grand ou petit, porteur de sceptre ou de besace,
Riche ou pauvre, en un mot, nul de nous n'est
[heureux,
Si le destin ne l'a mis à sa place.

— 149 —

Semez, vous, une hyssope, un cèdre en proviendra,
Et vous, un cèdre, une hyssope en naîtra :
« Il n'est (& ce dicton sur la raison se fonde)
Qu'heur & malheur en ce monde. »

— 150 —

Vous vous plaignez que rien ne succède à vos vœux :
Tâchez d'être meilleurs, vous serez plus heureux.

— 151 —

Absence de malheur,
Attente de bonheur.

— 152 —

Celui que vient à quitter le malheur,
Peut dire qu'il connoît, en un point, le bonheur.

— 153 —

On voit nombre de gens bien fatalement nés :
Tombent-ils sur le dos, ils se cassent le nez.

— 154 —

Qui veut pouvoir, bravant toute crainte importune,
Marcher d'un pas insoucieux
Dans le chemin de la fortune,
Comme elle d'un bandeau doit se couvrir les yeux.

— 155 —

Nul ne peut savoir qu'imparfaitement
Ce qu'on nomme l'infortune,
S'il n'a d'abord su personnellement
Ce que c'est que la fortune.

— 156 —

Il n'est, dit-on, point de plus bel excès
  Que celui de la bienfaisance ;
J'en sais toutefois un plus rare, & que je mets,
Pour cette rareté, plutôt avant qu'après
Tout autre ... c'est celui de la reconnoissance.

— 157 —

Cet homme fait-le bien, veut-il encor mieux faire,
Et de ce bien qu'il fait conserver tout le prix ?
Il se doit imposer un tel soin de le taire,
Que nul, s'il vient un jour à savoir ce mystère,
Ne soit en droit de dire : « Il me l'avoit appris ! »

— 158 —

Fais le bien pour le bien, & ne t'affecte pas
De voir mettre en oubli tes œuvres charitables :
Il vaut mieux s'exposer à servir des ingrats
  Que de manquer aux misérables.

— 159 —

Jésus l'a dit, & ses apôtres
L'ont propagé : « Faites à tous du bien! »
Amis comme ennemis, soit les miens ou les vôtres,
Même amour donc pour tous ; frères, c'est le moyen
De conserver les uns & de gagner les autres.

— 160 —

« Laissez, disoit Jésus, approcher ces petits! »
Or, savez-vous pourquoi ? le savez-vous, mes frères ?
C'est que, par leur amour comme par leurs misères,
Les petits deviendront les grands au paradis.

— 161 —

Jetés, par de fatals loisirs,
En mille excentriques désirs,
Qui du vrai leur font perdre incessamment la voie ;
Cherchant des voluptés où leur âme se noie,
Les grands seigneurs ont des plaisirs ;
Le peuple seul a de la joie.

— 162 —

En vain nous appelons la joie, elle se moque
De qui la poursuit & l'invoque.

— 163 —

Les grands ont, la plupart, mille étranges caprices,
Et font, parfois, bien cher payer leurs bons offices:
Veux-tu que ton repos ne s'y trouve engagé?
Hante-les comme ami, non comme protégé.

— 164 —

Il faut traiter les grands comme on traite le feu,
Et ne s'en approcher jamais trop ni trop peu.

— 165 —

Ne vous courbez pas trop devant un homme vain;
Car vous verriez l'étrange bête,
Pour se grandir, mettre soudain
Le pied sur votre tête.

— 166 —

Qui que vous puissiez être, ici-bas, peuple ou roi,
Tenez de divine science,
Tenez qu'on perd le bien qu'on garde ou qu'on
[dépense,
Mais que, celui qu'on donne, on l'emporte avec soi.

— 167 —

Être simple en ses goûts, modeste en ses plaisirs,
Dénote un grand fonds de sagesse :
Pour suppléer à la richesse,
Le sage appauvrit ses désirs.

— 168 —

Désirer, désirer sans cesse, & puis encor,
C'est de l'esprit humain l'invariable essor :
L'enfant rêve un hochet, le jeune homme une épée,
L'homme fait un ruban, le vieillard un trésor ;
Bref, à tout âge, il faut à l'homme une poupée.

— 169 —

Que sert à l'insensé plus ou moins de richesse,
Puisqu'il n'en peut, hélas! acheter la sagesse?

— 170 —

Tels donnent toute leur chevance,
Qui sont toujours dans l'abondance :
Tels dérobent le bien d'autrui,
Qui n'auront pas, demain, plus qu'ils n'ont au-
[jourd'hui.

— 171 —

Prodigues, voulez-vous connoître
Le prix de ce métal, qu'en vous plaignant, peut-être,
L'homme sage vous voit à tous les vents jeter?
Faites mine d'en emprunter.

— 172 —

Bien habile qui sait faire sortir d'un œuf
Un bœuf!

— 173 —

Soit en guerre, soit en amour,
A beau jeu beau retour.

— 174 —

N'avoir jamais les mains trop pleines, ni trop vides,
Est un moyen de voir couler ses jours en paix :
Toujours pauvres sont les cupides,
Toujours riches les satisfaits.

— 175 —

Ne vouloir trop, ni trop peu,
Est la devise du sage ;
Mais, c'est forcer le suffrage
Du sort, qui, sans notre aveu,
Jouant un tout autre jeu,
A tout hasard de partage
Nous donne trop ou trop peu.

— 176 —

Petite table & modeste cuisine ,
Donnent à chaque jour un heureux lendemain :
Rien n'est moins coûteux que la faim,
L'appétit blasé seul ruine.

— 177 —

Petit dîner, longuement attendu,
Est, hélas ! non donné, mais chèrement vendu.

— 178 —

Petite est ma maison, mais je m'y trouve au large ;
Je n'ai rien qu'un valet, mais plus d'un est à charge ;
Un seul mets fait tout mon repas,
Mais, j'ai peu d'appétit, &, parfois, n'en ai pas ;
Je ne suis pas connu, mais je ne cherche à l'être
Que de quelques amis, que je crois bien connoître,
Et dont le bon vouloir me paye argent comptant ;
Bref, je suis, grâce à Dieu, de ce que j'ai le maître :
Pourrois-je désirer mieux que d'être content ?

— 179 —

J'entends dire : « C'est le bon maître
Qui fait le bon valet. »
J'admets ce point comme un peut-être,
Et puis cet autre, s'il vous plaît,
Que c'est le bon valet
Qui fait à son tour le bon maître...
Mais, découvrez-moi ce bon maître,
Et cherchez-moi ce bon valet ;
Je suis encore à les connoître.

— 180 —

Je n'ai, dans mon humble réduit,
Qu'un lit,
Un fauteuil, une table ;
Si c'est peu, ce peu-là me semble préférable
Au bonheur fastueux, mais inconstant d'un roi...
Un tel bonheur, souvent est fondé sur le sable ;
Tout au rebours le mien, qui n'est fondé qu'en moi :
Il n'est point de petit chez soi.

— 181 —

Si d'une honnête part des biens de cette terre
  Le ciel propice t'a pourvu,
Ménages-en le fonds ; &, quant au revenu,
Fais-en l'usage utile, honorable, exemplaire,
Que tout homme de sens & de cœur en doit faire :
  Se jeter dans le superflu,
C'est vouloir regretter un jour le nécessaire.

— 182 —

Lorsque du Tout-Puissant la bonté prévoyante,
Et pour l'heure à venir, & pour l'heure présente,
Nous a mis au-dessus de la nécessité,
Estimons-nous heureux d'être ce que nous sommes :
  Rien ne menace tant les hommes
  De quelque grande adversité,
  Qu'une extrême prospérité.

– 183 –

Il est plus d'une adversité
Dont nulle vertu peu commune
Ne préférât la volupté
A la douce sécurité
De la plus constante fortune.

– 184 –

Veux-tu voir s'écouler paisiblement ta vie,
Mesure à tes moyens tes vœux & tes projets :
Rien ne sauroit causer de plus amers regrets
Qu'une folle espérance, alors qu'elle est trahie.

– 185 –

Du pâle ambitieux tel est le sort, hélas !
Il va toujours, toujours, même alors qu'il est las.

– 186 –

Merci, mon Dieu, grand merci !
A petit bien, peu de souci.

— 187 —

Druson ouvre les yeux tout au grand, & s'étonne,
    Lorsqu'il entend parler d'ingrats :
Quoi d'étonnant? Druson se souvient-il, hélas !
    D'avoir onc obligé personne?

— 188 —

Celui-là qui s'empresse à rendre un bon office,
    Double le prix de son service ;
    Mais celui qui ne sert à point
Sert presque toujours mal, &, souvent, ne sert point.

— 189 —

Bienfait reçu, pour toute âme bien née,
Ne l'engage pas moins que parole donnée.

— 190 —

,Savez-vous un esprit fantasque, atrabilaire,
Mais de ceux-là qu'on aime, & qu'on veut s'ac-
[quérir?
Avez-vous assez fait pour vous le conquérir,
Sans mener à bien cette affaire?
Il vous reste un moyen encor de réussir,
C'est de ne plus rien faire.

— 191 —

C'est chose fort commune, ici-bas, que de voir
Telles gens qui, d'amis tout prêts à faire office,
Nous offrent bravement de nous rendre service,
Dès qu'ils en auront le pouvoir;
Leur bon vouloir pour nous, tant qu'il dure, est
[immense,
Mais, il finit, hélas! où leur pouvoir commence.

— 192 —

Tel homme accueille, invite ; il offre sa maison,
  Sa table, son bien, ses services ;
A son cœur obligeant rien ne coûte, dit-on,
Sauf que vous le quittiez de tous ses bons offices.

— 193 —

Ne t'attends qu'à toi seul, en toute cause extrême :
On n'est jamais servi si bien que par soi-même.

— 194 —

La divine amitié, pour autant qu'elle existe,
Ne sauroit s'établir qu'entre gens vertueux :
Comme de tous pensers, de tous faits, de tous
                                    [vœux,
    Ce noble sentiment consiste
    A ne se jamais rien céler,
    Quels amis pourroient se tout dire,
S'ils ne trouvoient en eux — ô des destins le pire ! —
    Que des hontes à révéler ?

— 195 —

Il faut, dans un ami, n'aimer que la vertu;
Celui qui, sans tenir compte de sa fortune,
Et sans lui demander : « Combien me vaudras-tu? »
Prêt à braver pour lui toute crainte importune,
Le suivroit en tout lieu le plus déshérité,
Si quelque coup du sort l'avoit là rejeté ;
Celui-là, dis-je, peut, fort de sa conscience,
 Le suivre en toute confiance
Jusques au plus haut point de sa prospérité.

— 196 —

D'un véritable ami l'âme ne change guère;
Il se plaît à nous voir dans la prospérité;
 Mais, tombons-nous dans la misère,
Dieu sait où va pour nous sa sainte anxiété;
Cœur & trésors, il met tout à nos pieds. Un frère
 Se connoît dans l'adversité.

— 197 —

« O que ne puis-je voir tous mes amis heureux ! »
Voilà, certes, voilà le plus noble des vœux...
Oui, si c'étoit le sens de cette belle antienne ;
Mais, le voici pour tel qu'il semble qu'on le tienne :
« O que ne puis-je voir tous mes amis heureux,
    Pourvu que nul ne le devienne ! »

— 198 —

Tel aux conseils de ses amis
Volontiers se montre soumis
Sur tout objet sans conséquence,
Qui s'en fait comme un droit acquis
De les soumettre à ses avis
En toute chose d'importance.

— 199 —

Soyons amis de Socrate,
De Plàton, de Xénocrate,
D'Aristote & de Zénon,
Bref, de tout sage en renom,
Que révère & dont s'honore,
A bon droit, l'humanité;
Mais, soyons bien plus encore
Amis de la vérité.

— 200 —

Hardis réformateurs, dont la funeste voix,
Du peuple caressant les rêves téméraires,
L'excite, par l'espoir de biens imaginaires,
A s'insurger contre les lois,
Dût-il voir, à ce jeu, ses plus doux vœux se rompre,
Et ses derniers droits s'abîmer,
Quel vertige, en cela, vous peut donc animer?
Qui veut hâter le mieux, risque de l'interrompre,
En trop flatter le peuple est, hélas! peu l'aimer;
Bref, il est aisé de corrompre,
Et malaisé de réformer.

— 201 —

De nos prêcheurs humanitaires
J'aime les lois égalitaires ;
Dieu ! qu'ils s'y montrent généreux !
Partageons tous les biens, disent-ils, comme frères :
A moi le mien, & le tien à nous deux.
Bravo ! messieurs les bons apôtres :
Quand, mi-part à mi-part, de nos mains dans les
[vôtres
Nos biens seront passés, oh ! cela saute aux yeux,
Les choses d'ici-bas en marcheront bien mieux,
Sauf que chacun de nous, pourtant, songe à se faire,
Dès qu'il n'aura plus rien, prêcheur humanitaire.

— 202 —

Jaloux de tout honneur dont le crédit le blesse,
Tel aboyeur public insulte à la noblesse,
Qui, s'il pouvoit, un jour, se découvrir un nom
Et des aïeux, changeant tout aussitôt de ton,
Sans, pourtant, changer de nature,
Se prévaudroit de son blason,
Pour insulter à la roture.

— 203 —

Haut lignage, noble avenir :
Bon sang ne peut mentir.

— 204 —

Chez maintes sages nations,
Où la presse est en droit de se donner carrière,
Du choc des intérêts et des opinions
Jaillit & se répand à grands flots la lumière ;
En ces lieux donc, bien loin qu'on cherche à l'as-
[servir,
On la tient, au contraire, un instrument utile,
Qui, tel que la lance d'Achille,
Quand il blesse, a, du moins, la vertu de guérir.

— 205 —

Maints tyrans, chatouilleux sur le fait de leur gloire,
Garrottant, bâillonnant l'esprit de vérité,
Ont, en cela, flétri d'autant plus leur mémoire :
Qui ne redoute pas le pinceau de l'Histoire,
N'en contraint pas la liberté.

— 206 —

La mort n'arrive qu'une fois,
Et, durant toute notre vie;
Elle nous fait sentir l'aiguillon de ses lois.
De là, pour notre âme affoiblie,
La crainte du moment où la mort doit venir,
Crainte d'enfant, qu'il faut bannir :
Nul n'échappe à la mort ! Loin donc de nous en
[plaindre,
Armons-nous de raison pour la bien soutenir ;
Il en coûte plus de la craindre,
Qu'il n'en coûte de la souffrir !

— 207 —

Quand notre vie est misérable,
Elle est pénible à supporter ;
Mais, sous un destin favorable,
Il en coûte de la quitter :
Or, dans ce monde périssable,
Où l'homme bâtit sur le sable,
Où rien ne peut le contenter,
Tout s'unit pour lui protester
Que le ciel est l'appui, le seul appui durable
Sur lequel il doive compter.

*

— 208 —

Pécheurs, la loi du ciel n'est pas impitoyable ;
C'est une loi d'amour ; qui la veut observer,
Aux yeux de Dieu se rend aussitôt graciable ;
Et, jadis, de Satan pauvre justiciable,
    Il peut désormais le braver :
    Honorer Dieu, braver le diable,
    Quel doux moyen de se sauver !

— 209 —

Douce flamme qu'il faut que le cœur alimente,
L'amour de Dieu s'éteint, hélas ! s'il ne s'augmente.

— 210 —

Priez, humains, priez : soit le temps ou le lieu,
L'homme n'est jamais seul, lorsqu'il est avec Dieu !

— 211 —

Pouvoir d'enfer n'est point, grâce à Dieu, sans
                              [limite :
De jeune diable, vieil hermite.

— 212 —

Qui place en Dieu sa confiance,
Mais, se dit qu'il ne doit, en tout ce qu'il fera,
Compter que sur l'appui de sa propre assistance,
A tout lieu d'espérer que Dieu l'assistera :
Aide-toi, le ciel t'aidera.

— 213 —

Veux-tu te comporter comme le ciel prétend
Qu'un honnête homme se comporte?
Veux-tu contre le mal que sa loi te défend,
Ainsi que pour le bien auquel elle t'exhorte,
Maintenir en ton cœur une volonté forte?
Arme ta conscience, à tout événement,
De ces mots solennels, dont l'effet véhément
Mettroit de noirs démons en fuite une cohorte :
Mon Dieu me voit! mon Dieu m'entend!

— 214 —

Lorsqu'un pouvoir secret fait reculer tes pas
Sur la pente du mal, où ton âme en délire
T'alloit précipiter, chrétien, il faut te dire :
Dieu me voit, Dieu m'éveille, &, je le sais, hélas !
C'est le crucifier, que de ne suivre pas
Les premiers mouvements qu'au pécheur il inspire.

— 215 —

O vous, nos esprits forts, de qui l'inconséquence
Tout en niécroyant Dieu, blâme sa providence,
Si, comme le Très-Haut, vous pouviez tout savoir,
Vous ne voudriez rien que ce qu'il peut vouloir,
Et vous regretteriez alors votre démence,
Qui fait que vous avez des yeux pour ne point voir !

— 216. —

Tu demandes à Dieu qu'il te fasse le don
    De tout ce qui te semble bon,
Par cela seul que tel il a pu te paroître ;
    Dieu te l'accorderoit peut-être,
S'il ne savoit qu'à peine il t'en auroit doté,
Tu maudirois, hélas ! ton imbécillité !

— 217 —

Il est des esprits forts, qui, sur rien prenant lieu
    De ne point croire à Dieu,
Trouveroient, les falots, chose assez opportune
    De faire un pacte avec Satan,
S'ils pouvoient s'assurer que l'infernal Sultan
Leur dût, à beau guerdon, livrer prompte fortune.

— 218 —

Jamais en son chemin ne s'arrête le diable;
Envahisseur insatiable,
Plus il a, plus il veut avoir;
Gardons de lui céder nul accès en notre âme,
Car, s'il y pénétroit, l'infâme
Tout entière, bientôt, l'auroit en son pouvoir.

— 219 —

Esprits forts, faites-moi connoître
Un homme accompli de tout point,
Et niant Dieu; pourtant : ô, ce merveilleux maître,
Je suis prêt à l'entendre, à le croire peut-être;
Mais, je sais qu'il n'existe point !

— 220 —

Quand, se faisant un jeu de tout, le bel esprit
De la philosophie a tué le crédit,
Rien ne la peut sauver de sa mésaventure,
   Rien, si ce n'est l'esprit religieux ;
Mais, il sait que, pour qui la prend au sérieux,
Ainsi que la raison, grave de sa nature,
Elle doit être une arme, et non une parure.

FIN.

J. Clere. Imprimeur
S. Benoît, 7, à Paris.

Le Cimetière.

LE *petit cimetière est très vert et très frais.*
Les sapins, les tilleuls, les ifs et les cyprès,
Étendant leurs rameaux ainsi qu'un voile austère
Sur le champ du repos triste et silencieux,
Semblent vouloir cacher aux hôtes de la terre
L'éternel renouveau qui sourit dans les cieux.

Sur les tombes, parmi les croix et les emblèmes,
Dans leur prison de buis taillé, les chrysanthèmes,
Pâles fleurs du soleil d'automne et de la mort,
Aux tiédeurs du printemps languissent affaissées,
Pendant que sur le sol, où le lierre se tord,
La violette point à côté des pensées.

Le cimetière est clos de murs. A l'Orient
Un ruisselet le borne et s'enfuit en riant
Vers la mer entrevue à travers les grands arbres.
L'herbe y pousse plus verte et plus drue, et le soir,
Là, parmi les débris de granits et de marbres,
Au son de l'Angelus, le vieux Jean vient s'asseoir.

II

Jean.

Jean.

JEAN, c'est le fossoyeur gardien du cimetière.
  Il aura soixante ans demain. Sa vie entière
S'est passée à creuser dans le sol dévorant
La fosse où tour à tour il a vu disparaître
Tous ceux qui l'ont aimé, sur eux, indifférent,
Jetant la terre après l'eau bénite du prêtre.

Il n'est pas tendre. On dit qu'il n'a jamais pleuré.
Ce soir, il rêve un peu... « Son père est enterré
A gauche, dans le bas de la partie ancienne...
Mais la place commence à manquer sur le rain,
Et le vieux avant peu devra céder la sienne
A quelque mort cossu qui paiera son terrain.

« Même ici, pense-t-il, il faut qu'on déménage. »
Et toujours goguenard : « Pauvre vieux ! à son âge !
Quant à sa mère, elle est du côté des grands murs.
C'est le sol le meilleur de toute la presqu'île...
D'ailleurs, dans cet endroit, les morts ne sont pas mûrs
Et la vieille y pourra longtemps dormir tranquille.

Du côté de sa femme, il est en paix. Les morts
Négligés nous causant et soucis et remords,
Il s'est dit qu'il fallait très bien faire les choses.
Il a donc acheté la place pour trente ans ;
Il a planté dessus des pâquerettes roses,
Qu'il va soigner parfois, les soirs qu'il a le temps. »

Au milieu de ses morts, Jean est heureux de vivre.
Pourvu qu'il mange ferme à midi, qu'il s'enivre,
Le soir, quand son travail est fini, tout est bien...
« Il est vrai que, depuis six mois, la mort fait rage,
Et qu'être, en même temps, fossoyeur et gardien,
Si ça devait durer, ce serait trop d'ouvrage.

« *On voudrait lui donner son filleul pour adjoint,*
Jean-Pierre... Il n'en veut pas. Il a trouvé le joint
Pour être toujours prêt : il travaille d'avance.
Aussi, Monsieur le Maire et Monsieur le Curé
Sont très contents de lui... Quant à la survivance,
Jean-Pierre attendra bien que Jean soit enterré.

« *Enterré ! pas si bête ! Enterré ! pas encore !*
Il est solide, et n'a pas besoin qu'on l'accorre.
Il a beau chanceler, il trouve son chemin
Tout seul, quand il est soûl, comme s'il était jeune.
D'ailleurs, il a bon œil, bon pied et bonne main ;
Même il observe encor l'abstinence et le jeûne !... »

Mais la nuit tombe, et Jean, voyant que l'horizon
S'assombrit, se dispose à gagner sa maison,
Après qu'il aura fait sa ronde accoutumée.
Sous les arbres, parmi les tombes, chancelant,
Il passe... Tout à coup, de sa maison fermée,
S'élève une chanson au rythme doux et lent.

« *Pas encore endormie à cette heure !* » *Et l'ivrogne,*
Sentant le feu du vin qui lui monte à la trogne,
Entre, saisit l'enfant tremblante qui pâlit :
Il frappe, il frappe encore et de sa voix sévère
Lui crie : « Il faut dormir quand on est dans son lit !...»
Et l'enfant, c'est sa fille unique, Primevère !

III

Primevère.

Primevère.

PRIMEVÈRE *n'est pas son nom. Et son parrain,*
Yves Le Braz, aurait rougi, foi de marin!
De se moquer ainsi des choses du baptême.
On a besoin d'appui quand on s'en va là haut,
Et Le Braz professait l'ancien et bon système
De donner aux enfants des patrons comme il faut.

Donc, il avait choisi pour nom Anne. — L'aïeule
Du Sauveur lui semblait devoir à sa filleule
Un avenir de biens des plus substantiel.
Mais, le soir, un cousin soldat levant son verre :
« Elle est née en avril; qu'on l'appelle Anne au ciel,
J'y consens, mais, pour nous, nommons-la Primevère. »

Primevère a treize ans. Elle est blonde. Ses yeux,
Au regard tantôt calme et tantôt soucieux,
Ressemblent aux grands lacs où le ciel se reflète,
Tantôt sombre et voilé, tantôt limpide et clair,
Et l'on y voit parfois, comme avant la tempête,
Brusque, dans leur clarté d'azur, luire un éclair.

Elle rit : tout à coup un bruit de pas l'alarme
Et son rire naissant s'éteint dans une larme !
Elle pleure : voilà qu'au milieu des buissons,
Les oiseaux ayant l'air de lui jeter des perles,
Primevère, écoutant leurs joyeuses chansons,
Gazouille au rossignol et siffle avec les merles.

Cette enfant a langui sous une main de fer.
Elle a pleuré beaucoup, ayant toujours souffert,
Sans que jamais sur elle aucun bonheur intime
Ait rayonné. Parfois, elle se plaint tout bas,
Et levant vers le ciel ses grands yeux de victime,
Elle semble appeler quelqu'un qui ne vient pas.

Ah! celle qu'elle appelle et qui n'est pas venue,
Celle qu'elle attendait, c'est sa mère inconnue
Qui monta vers le ciel quand elle en descendit;
C'est l'ange du berceau, la nourrice câline
Qui ne l'allaita pas et qui n'a jamais dit
La chanson du sommeil à la pâle orpheline.

IV

La Fosse.

La Fosse.

LE *lendemain, à l'heure où l'Angelus sonnait,*
Alerte, ayant cuvé son vin, Jean reprenait
Le travail de la veille. « Un vrai travail de bête
Mais que l'on ne peut pas remettre au lendemain ;
A dix heures, il faut que la chose soit prête...
C'est pour l'homme et la femme Ernoul, et leur gamin.

« Morts, tous trois, avant-hier, dans leur barque. La pêche
A de ces hasards-là qu'aucun Bon Dieu n'empêche,
Car c'étaient des dévots, les Ernoul, et chez eux
On ne voyait au mur que Saints et Bonnes Vierges.
Le pire, c'est qu'il reste un gosse, un paresseux,
Avec un teint plus blanc que la cire des cierges,

« *De longs cheveux bouclés de fille et de grands yeux ;*
Un enfant de huit ans... qui ne vivra pas vieux...
Qui le prendra ! Jean-Pierre est l'oncle du mioche,
Mais il soutient déjà ses parents... C'est assez !... »
Et le vieux fossoyeur creuse à grands coups de pioche
La tombe où dormiront les pêcheurs trépassés.

V

Philosophie du Fossoyeur.

Philosophie du Fossoyeur.

L'OUVRAGE *était fini quand, au coup de neuf heures,*
  Primevère apporta le déjeuner... « Tu pleures?
— *Oui, je pense au petit Armel qui reste seul.*
— *Ah! certe, il vaudrait mieux, pour son oncle Jean-Pierre,*
Qu'Armel eût aujourd'hui pour chemise un linceul,
Ce trou pour lit et pour couverte cette pierre.

« Le vrai bonheur, vois-tu, c'est d'être là dedans. »
Primevère écoutait le fossoyeur; ses dents
Claquaient et la frayeur ouvrait ses lèvres blêmes.
« Quand on est mort, on n'a plus froid, on n'a plus faim,
Et les savants ont tort d'y chercher des problèmes!
Pour les pauvres la mort est bonne... C'est la fin.

« En attendant, mangeons et buvons. Il importe
Que, lorsqu'elle viendra du pied heurter ma porte,
Notre-Dame au nez creux me trouve gras à point. »
Et Jean s'étant assis sur un monceau de terre,
Murmure en se frappant la poitrine du poing :
« Travailler pour de vieux amis, ça vous altère ! »

Et les yeux grands ouverts, Primevère, en tremblant,
Pâle sous la pâleur du petit bonnet blanc,
Automatiquement s'approche de la tombe,
Et stupide, penchée au bord du trou profond,
Regarde sous ses pieds la terre qui retombe
Dans cette fosse où l'eau commence à sourdre au fond.

VI

L'Enterrement.

L'Enterrement.

VOICI *l'enterrement. Il entre au cimetière.*
    Mathieu, le porte-croix, marche, la mine altière.
Les choristes, tenant l'eau bénite et l'encens,
Causent entre eux. Vermeils et solennels, les chantres,
Croisent avec effort, en des maintiens décents,
La rougeur de leurs mains sur l'orbe de leurs ventres.

Puis le clergé : les deux vicaires en surplis,
Le curé, bon vieillard, dont les yeux sont remplis
De larmes et qui songe aux amis qu'il enterre.
Voilà trente-cinq ans passés qu'il est recteur
Et comme aux premiers jours de son saint ministère,
Il aime les Brebis dont il est le Pasteur.

3

Il a mis aujourd'hui le camail et l'étole !...
Le maire, les adjoints et le maître d'école,
Avec la gravité qui sied à des messieurs,
Pour honorer le mort, portent les coins du poële,
Lorgnant, sur le drap noir, d'un œil ambitieux,
La croix du vieux marin qui luit comme une étoile.

Puis viennent les cercueils de la mère et du fils.
Puis, dans ses bras croisés tenant un crucifix,
Grave et dévotement chuchotant sa prière,
Le jeune chapelain des Dames du Carmel,
Un neveu du défunt Ernoul, et puis, derrière,
Jean-Pierre conduisant un enfant pâle : Armel.

Pauvre petit Armel ! Il se soutient à peine...
Sa tristesse et son air de faiblesse font peine.
Les larmes ont marbré de rougeurs son teint blanc.
On dirait que, soufflant ainsi qu'un vent d'orage,
La douleur a tordu son petit corps tremblant...
Et chacun, en passant près de lui, dit : Courage !

Tout le village est là, depuis les plus âgés
Jusqu'aux petits enfants. La mort des naufragés
Éveille des échos plaintifs le long des plages.
Aux pleurs des orphelins chacun mêle ses pleurs,
Et le nouveau sinistre, au milieu des villages,
Va raviver partout les anciennes douleurs.

Car la mer azurée est la grande traîtresse !...
Jetant son clapotis, ainsi qu'une caresse,
Sur les pieds des enfants accourus près des flots,
Avec ses longs bras verts la vague les entraîne,
Et les enfants charmés deviennent matelots,
Pour répondre à l'appel vainqueur de la sirène.

Promettant l'avenir à leurs enivrements,
Longtemps elle les berce en ses bras endormants.
Un craquement soudain retentit : le flot s'ouvre...
Matelots et pêcheurs s'engouffrent dans les eaux ;
Insouciant, le flot qui revient les recouvre,
Et les rejette avec les débris des vaisseaux...

A l'heure du reflux, un jour, au fond d'un havre,
En jouant, des enfants découvrent un cadavre.
Tout le village accourt, « C'est Luc. — Non, c'est Malo !
— Je te dis que c'est Luc. — Il est méconnaissable !... »
Et cette épave en proie aux colères de l'eau,
C'est l'enfant d'autrefois qui jouait sur le sable !

Heureux encore ceux que la mer a vomis
Et qui s'en vont avec un cortège d'amis
Dans le frais cimetière où dorment les ancêtres.
Leurs cercueils, entourés de sanglots et de pleurs,
Seront bénis au chant religieux des prêtres,
Et leurs enfants prieront sur leurs tombes en fleurs.

VII

Armel.

Armel.

Tout est fini. L'Amen empressé des choristes
Joyeux a retenti sur les Oremus tristes
Que le pauvre recteur achève en sanglotant.
Monsieur le maire a cru devoir, de sa voix fausse,
Bégayer quelques mots, et chacun en partant
Est venu jeter l'eau bénite sur la fosse.

Jean-Pierre s'en allait avec Armel, quand Jean,
L'attirant à l'écart, d'un sourire engageant :
« Filleul, un coup de main pour rejeter la terre. »
— Hum ! c'est bien difficile à cause du gamin...
— Raison de plus ! Il faut faire son caractère
A ce gars-là. Voyons, filleul, un coup de main.

« *On doit l'obéissance aux parrains, il me semble.*
Après nous irons boire une chopine ensemble...
Une fois que les morts sont recouverts, le deuil
Est enterré. Crains-tu que le mort ne t'appelle? »
Et Jean-Pierre, après s'être assuré d'un coup d'œil
Que personne n'est là pour le voir, prend la pelle.

« *Ce n'était que mon oncle, après tout! Et d'ailleurs*
Il doit être permis à de bons travailleurs
De s'entr'aider un brin. — Filleul, il faut qu'on s'aide.
En outre, tes parents resteront au grand air
Moins longtemps. Et puis, toi, qui veux que je te cède
Ma place, il faut apprendre à la remplir. — C'est clair. »

Et Jean crie en riant : « Fais ton apprentissage! »
Puis, jetant un regard sur l'enfant : « Toi, sois sage! »
Armel s'était assis sur une pierre, auprès
De la fosse où tombait la terre noire et lourde,
Pendant que Primevère, à l'abri d'un cyprès,
Le regardait, le cœur plein d'une pitié sourde.

Primevère, longtemps craintive, s'enhardit;
Elle accourut s'asseoir près d'Armel et lui dit
En tordant sous ses doigts crispés sa devantière :
« Armel, veux-tu venir jouer dans le jardin. »
Pour elle, le jardin c'était le cimetière.
L'enfant leva les yeux, et les baissa soudain.

Mais, d'une voix émue et toute maternelle,
Primevère reprit : « Allons sous la tonnelle...
Tu verras le ruisseau... Viens écouter le chant
De mon bouvreuil... On peut, en plaçant une planche
Sur le ruisseau, passer sans tomber dans le champ. »
Et grave, elle tendait sa petite main blanche.

Armel n'entendait rien, ne voyait rien, hormis
Le travail qu'achevaient enfin les deux amis.
« Ça, dit Jean, maintenant que la fosse est comblée,
Nous avons bien le droit d'aller boire, je crois. »
Et l'enfant, les voyant s'éloigner dans l'allée,
S'approche de la tombe en se tenant aux croix.

Les larmes jaillissaient, brûlantes, sur sa joue...
Il s'arrête, et tombant à genoux dans la boue,
Il entoure la fosse avec ses petits bras,
Et de sa faible voix, que la frayeur atterre,
Crie : « O maman, reviens... j'ai peur... je ne veux pas
Rester seul... » Et ses doigts s'enfoncent dans la terre...

Tout à coup, il sentit que quelqu'un l'avait pris,
Qu'on essuyait son front. Levant ses yeux surpris,
Il regarda : C'était Primevère... Timide,
Elle lui souriait, et soudain, gravement
Lui dit en le couvant de son regard humide :
« Si tu veux, je serai ta petite maman ! »

VIII

Le Rêve de Primevère.

Le Rêve de Primevère.

Sa petite maman ! ô la joie ! ô le rêve !
    Elle, la délaissée, elle, sur qui, sans trêve,
S'acharne le malheur et que rien ne défend,
Elle qu'épouvantait la solitude amère,
Elle va donc avoir à chérir un enfant ;
Elle pourra jouer... et jouer à la mère.

N'être plus seule ! Avoir un petit compagnon
Qui ne vous quitte pas le jour, et dont le nom,
Même en dormant, la nuit, vous fait sourire encore,
O bonheur ! Et penser qu'il reviendra demain,
Et qu'on se lèvera, joyeuse, dès l'aurore,
Et qu'on ira l'attendre au détour du chemin !

N'avoir plus peur de rien, ni des grandes croix sombres,
Ni du linceul qu'étend la lune, ni des ombres
Qu'on voit courir parmi les cyprès et les ifs,
Ni de l'obscurité, ni du cri de l'orfraie
Sinistre, ni des chiens aux hurlements plaintifs!...
Vivre dans un bonheur calme que rien n'effraie.

Ne plus trembler devant le père qui vous bat!
Voir sans pâlir la main brutale qui s'abat
Sur ce front qu'autrefois la crainte faisait blême!... »
Et voilà dans son cœur quel doux espoir fleurit,
En pensant à l'enfant abandonné qu'elle aime,
Voilà le rêve auquel Primevère sourit!

IX

La Cueillette pour la Tombe.

La Cueillette pour la Tombe.

Le lendemain, tous deux partaient pour la cueillette,
Graves, causant à voix basse : « La violette
Est la fleur qu'on met sur les tombeaux. On dirait
Qu'elle veut se cacher dans sa robe foncée
Et ne quitte son nid de feuilles qu'à regret.
— Moi, répondait Armel, j'aime mieux la pensée.

« — Oh! la pensée aussi, c'est une fleur des morts
Mais elle a trop d'orgueil sur son pied maigre et tors;
Puis j'ai peur de son œil jaune qui vous regarde.
Cependant je veux bien en mettre, si tu veux. »
Et cédant à l'enfant qu'elle a pris sous sa garde,
Primevère le baise au front, sur ses cheveux.

Mais Armel s'arrêtant : « La pâquerette dure
Longtemps fleurie ; on peut en faire une bordure,
Dit-il. — Certes, reprend Primevère à son tour ;
Mais surtout ne va pas leur couper les racines.
Tu verras, ce sera charmant, et tout autour,
Veux-tu, nous sèmerons un rang de capucines ? »

Et tout entiers aux beaux projets rêvés entre eux,
Ils vont, faisant la chasse aux fleurs des champs, heureux
De s'arrêter parfois sur le bord des jonchères
Pour cueillir un bouquet d'iris et de glaïeuls,
Ne se parlant jamais que de leurs tombes chères,
Mais joyeux d'en parler ensemble et d'être seuls.

X

La Tombe.

La Tombe.

Lᴀ tombe est décorée enfin. Depuis la veille
On a mis une croix de bois, une merveille,
Avec le nom des morts, des os croisés, des pleurs
Et ces mots : Regrettés de toute leur famille !
La terre disparaît sous la moisson de fleurs,
Hommage de l'enfant et de la jeune fille.

Le fossoyeur a fait une bordure en buis
« Afin de maintenir les limites, et puis
Le père Erncul était un ancien camarade,
Et même il se rappelle, un jour, qu'il vint à point
Pour l'aider au milieu d'une bagarre en rade
Et qu'il fit bravement pour lui le coup de poing.

« *Sans compter que tous deux ont vidé plus d'un verre*
Ensemble... et que ça fait plaisir à Primevère...
De manière qu'Ernoul avait bien quelques droits.
D'ailleurs le chapelain, qui passe pour un ladre,
Hier, a fait porter, pour suspendre à la croix,
Une couronne en fleurs de perles dans un cadre. »

Armel et Primevère assis sur un tombeau
De leurs yeux étonnés regardent : « *Que c'est beau !*
Dit Armel ! — Il faudrait encore un chrysanthème
Qui pendant les longs mois d'hiver serait fleuri.
Je veux en avoir un pour nous. — Comme je t'aime,
Ma petite maman. — Mon bon Armel chéri ! »

Primevère à la fois rit et pleure. Sa joue
Semble une fleur mouillée où le soleil se joue,
Et sur laquelle vient, en tremblant, se poser,
Ainsi qu'un papillon que le printemps attire,
Le baiser du petit Armel. Oh ! ce baiser !
Quelle auréole au front de la jeune martyre !

XI

Les Jours heureux.

Les Jours heureux.

Ils sont heureux! Les jours sont trop vite passés,
Et ces enfants naïfs ne sont jamais lassés
De reprendre aujourd'hui le bonheur de la veille.
Cette monotonie est un charme de plus,
Et leur vie, où nul rêve inquiet ne s'éveille,
Ressemble à ces lacs bleus qui n'ont pas de reflux.

Sitôt qu'au point du jour une lueur blanchâtre,
Vive, tombe d'en haut sur le pavé de l'âtre,
Primevère, éveillée en sursaut, est debout.
Elle ouvre la fenêtre au matin qui parfume,
Allume le feu, puis, quand la marmite bout,
Verse sur le pain noir la soupe aux choux qui fume.

Et pendant que le vieux se lève en grommelant,
Son écuelle à la main, elle va d'un pas lent
Vers le bourg, où bruit le départ pour la pêche ;
Et sur le quai, parmi les marins familiers,
De loin, elle aperçoit Armel qui se dépêche-
Et, pour courir plus vite, ôte enfin ses souliers.

Ils partent ; le temps passe en douces causeries
Dans les bois de sapins et les vertes prairies.
Comme ils aiment s'asseoir sur le sable, au grand air,
Pour écouter le vent pleurer sa plainte vague !
Comme ils aiment courir jusqu'au bord de la mer,
Pour se faire mouiller les pieds par une vague !

Et quel plaisir aussi de se laisser chercher
Longtemps, puis de sortir tout à coup d'un rocher,
Avec un cri moqueur dont Armel s'épouvante !
Quel plaisir, en passant, de tordre un arbrisseau,
D'allumer de grands feux, et, d'une main savante,
De faire des moulins tourner dans un ruisseau.

Et les oiseaux captifs, et les nids qu'on déniche,
Et les œufs dont on fait des colliers! Le caniche
Du maire, qu'on s'amuse à tondre d'un côté!
La chasse aux papillons, le hanneton qui vole,
Son papier à la queue, et le fossé sauté,
La clôture enjambée, et les pommes qu'on vole!

Et le sommeil parmi la bonne odeur du thym!...
Heureux âge où l'éclat de rire du lutin
Sur les lèvres s'unit au sourire de l'ange,
Où, dans ses cruautés, l'enfant capricieux
Tout à coup laisse voir, adorable mélange,
On ne sait quel charmant ressouvenir des cieux.

Heureux âge où l'enfant n'a pour toute science
Que ses naïvetés et son insouciance;
Où rien ne vient encor troubler l'enchantement
De cette âme candide à qui tout est propice.
Heureux âge où le cœur poursuit aveuglément
Ses beaux papillons bleus au bord du précipice!

Et tous les jours ainsi s'écoulent, mais le soir,
Quand il faut se quitter, tristes, ils vont s'asseoir
Sur la route où déjà s'épaissit l'ombre humide;
Et là, silencieux et se tenant la main,
Dans un dernier baiser que la nuit intimide,
Armel dit : Au revoir ! Primevère : A demain !

XII

La Fin du Rêve.

La Fin du Rêve.

Et leur bonheur était tranquille et monotone !...
Mais voilà qu'un matin des premiers jours d'automne,
Primevère pâlit soudain... Armel toussait !
« Nous ne sortirons plus le soir... C'est cette brume.
Si la poitrine allait se prendre ? Est-ce qu'on sait ?
Bah ! j'ai tort d'avoir peur, et ce n'est qu'un gros rhume ! »

Pendant un mois, Armel fut couché. Près du lit,
Primevère pleurait. L'enfant se rétablit,
Mais il restait toujours un peu faible et très pâle.
Ses pommettes étaient roses, et par instants
On entendait dans sa poitrine comme un râle,
Et l'on se demandait : « Verra-t-il le printemps ? »

Primevère espérait... Mais le frisson sinistre
Qui secouait l'enfant, ses yeux cerclés de bistre
Dans lesquels éclataient de soudaines lueurs,
Sa voix qui chevrotait, sa toux opiniâtre,
Sa faiblesse, son front où perlaient des sueurs
Froides... Les jours entiers passés au coin de l'âtre...

Car l'enfant refusait de quitter la maison.
Il tremblait sous le froid de l'arrière-saison
Comme ces tristes fleurs qu'un gel précoce fane,
Et couché dans le grand fauteuil, près du foyer,
Il allongeait sa main maigrie et diaphane,
Et l'on voyait ses yeux de larmes se noyer.

Primevère comprit la vérité cruelle.
L'enfant avait encore un sourire pour elle,
Pâle comme un soleil couchant du pâle hiver.
Quelquefois, l'entourant de son bras ferme et souple,
Primevère emportait Armel jusqu'à la mer.
Et c'était un étrange et charmant petit couple!

Mais tous les jours Armel s'affaiblissait. Parfois
Un hoquet douloureux venait couvrir sa voix;
Sa lèvre contractée avait un pli sévère...
Il frissonnait... Un s 'r, un tremblement plus fort
Le saisit; il serra la m... de Primevère,
Sourit et se leva dans un subit effort.

Et puis il retomba dans le grand fauteuil, roide!
Primevère sentit sa main devenir froide...
Elle eut peur de ces yeux fixés obstinément
Qui disaient la suprême épouvante soufferte;
Elle entendit ces mots : Ma petite maman!
Et vit que l'enfant mort avait la bouche ouverte.

XIII

La Neige.

La Neige.

O la neige! Partout dans les cieux gris et lourds,
    Sur la terre glacée et blanche... Des pas sourds,
Des voix et des lueurs confuses... Un cortège!...
Un bruit mat... Et les voix s'éloignent... Les flambeaux
S'éteignent... Le silence... O la neige! la neige!
Couvrant tout, les sentiers, les arbres, les tombeaux!

Pour l'enfant mort qui va renaître chez les Anges,
La terre a son linceul et le ciel a ses langes
De neige immaculée... O le voile charmant!
Le drap sinistre, hélas!... De tous côtés, aux branches
Le givre se suspend en fleurs de diamant,
Et tombent les flocons comme des larmes blanches.

O la neige!... Le vent lugubre comme un glas
Bourdonne. Les sentiers brillent sous le verglas.
Qu'il fait froid... O la neige! Et voici que retombe
Le deuil noir de la nuit sur le deuil blanc du jour.
Et Primevère, au bord de la petite tombe,
Pleure l'illusion de son rêve d'amour.

Ses yeux luisent pareils aux cierges qu'on allume
Auprès du lit des morts. Elle a peur. Dans la brume,
Autour d'elle, on entend comme des bruits de pas.
« Père, la nuit sera rude. Je vous en prie,
Ne laissez pas Armel ainsi; je ne veux pas...
O la neige!... Venez! C'est de la barbarie!

« Père, dans son petit cercueil, il aura froid...
Le trou n'est pas profond, voyez; il est étroit.
Ce sera vite fait... Recouvrez cette bière...
O la neige!... Si vous ne pouvez pas tout seul,
Puisque Jean-Pierre est là, demandez à Jean-Pierre
De vous aider... C'est son oncle... et votre filleul...

« *Vous irez boire après… A la fin je me fâche…*
Un enfant de huit ans, et si faible… C'est lâche !
Deux hommes comme vous ! C'est lâche ! Oh ! les mauvais !
L'abandonner ainsi toute la nuit ! Que n'ai-je
La force ? O mon petit Armel, si je pouvais !…
Si je pouvais !… Mais non !… O la neige ! la neige !! »

XIV

Au Cabaret.

Au Cabaret.

JEAN-PIERRE et Jean sont sourds. Assis au coin du feu,
Ils boivent : « Le petit n'était que ton neveu.
Et puis si jeune, et puis toujours malade... En somme
C'est un bonheur, vois-tu, que le bon Dieu l'ait pris.
La charge était un peu trop lourde pour un homme
Et ce nourrisson-là t'eût fait des cheveux gris.

« Ah! Je sais compatir aux charges de famille!
Tu gardais un neveu, moi j'élève une fille...
Et l'on ne saurait croire à quel point c'est gênant
D'élever des enfants quand on n'a plus sa femme.
Grâce à Dieu, te voilà délivré maintenant...
Si nous mangions un peu, dis donc; le cidre affame,

« *Et ce diable de froid vous donne un appétit !*
Je ne couvrirai pas aujourd'hui le petit ;
J'attendrai le dégel, la terre est par trop dure...
Ma fille l'adorait, cet enfant, et je crois
Que nous aurons des pleurs. Il faudra que j'endure
Tous ses de Profundis... et ses signes de croix ! »

XV

L'Ivrogne.

L'Ivrogne.

L E cabaret est clos et le fossoyeur ivre,
    Le long des blancs sentiers où grésille le givre
Et qu'une pâle lune éclaire, en bégayant
Des mots confus, regagne à tâtons sa demeure.
« Il gèle... C'est trop dur... Demain... C'est effrayant !
Et par des temps pareils, je n'admets pas qu'on meure.

« Les morts sont patients... On est gelé. La main
Ne tiendrait pas la pelle... Il attendra demain...
Demain, je lui ferai son affaire. » L'ivrogne
Chancelle et tombe ; mais réveillé par le froid
Et secouant la neige, il se relève et grogne :
« Pourquoi donc n'ont-ils pas fait leur chemin plus droit ! »

Il arrive chez lui... Mais auprès de sa porte
Quelle est l'ombre qui passe et qu'est-ce qu'elle emporte?
Elle tient dans ses mains quelque chose de blanc...
Elle fuit! Qu'est-ce à dire? On le pille! on le vole!
« Au voleur! au voleur! » Il crie et chancelant,
Poursuit l'ombre qui fuit dans une course folle!

« Dis-moi ce que tu fais? Dis-moi ce que tu veux? »
Et Jean brutalement la prend par les cheveux,
Et lui serrant la gorge, il lui crie « A cette heure
Que viens-tu chercher, dis, et qu'emportes-tu là?
C'est une couverture à moi; c'est ma meilleure!
Ah! scélérate, va! tu me paieras cela! »

« — Pardonnez-moi, mon père. — On me vole mon linge!
— Il fait froid! C'est pour lui! — Pour qui, lui? Pour ce singe,
Ce magot qu'on a mis dans la boîte en sapin!
C'est pour lui qu'on me prend ma couverture neuve!
Pourquoi pas lui porter en même temps du pain?
— Père, c'est moi, ta fille. — Allons donc? Elle est veuve.

« Es-tu veuve? Ma fille est veuve, je te dis.
Elle s'est mariée, hier, au Paradis...
Elle est veuve aujourd'hui... Regarde ces tentures.
C'est pour elle!... je veux désormais bien l'aimer.
— Mon bon père! — Et tu viens voler ses couvertures!
Sais-tu que c'est un crime... et je vais t'assommer. »

Il a saisi la pioche et frappe. L'enfant tombe
Et roule doucement dans la petite tombe.
« Maintenant mon Armel chéri n'aura plus froid;
Sa petite maman est là qui. le protège. »
Et jetant un grand cri de souffrance et d'effroi,
Elle expire, étreignant le cercueil sous la neige.

Et le vieux fossoyeur brusque se redressant
Essuie un peu sa pioche où se fige le sang :
« Et maintenant, dit-il, mettons-nous à l'ouvrage,
Et travaillons pendant que Primevère dort;
Elle sera contente, et cela m'encourage,
Demain, de voir que j'ai couvert son petit mort. »

XVI

Jean-Pierre.

Jean-Pierre.

Le lendemain matin, sur la neige fondue,
Les yeux rouges, le front noir, la bouche tordue,
De la boue et du sang glacés sur ses haillons,
Le fossoyeur était couché mort dans l'allée.
« J'ai donc la place, dit Jean-Pierre... Travaillons. »
Alors il s'approcha... La fosse était comblée!

TABLE

Achevé d'imprimer

le premier mai mil huit cent quatre-vingt-un

PAR

ALPH. LEROY Fils ·

POUR

ALPHONSE LEMERRE, ÉDITEUR

DU MÊME AUTEUR

THÉATRE

L'Occasion fait le larron (épuisé). . . . . 1 fr.

L'habit ne fait pas le Moine, comédie en deux actes, en
vers. . . . . 2 fr.

Marguerite d'Écosse, poème dramatique en un acte. . . 1 fr.

Les Noces du Croque-mort, comédie en un acte, en vers. 1 fr.

POÉSIE

Les Asphodèles, 1 vol. in-18 jésus, caractères elzéviriens . 3 fr.

EN PRÉPARATION :

Les Poèmes du Berceau.